認知症と水辺の生き物

水島 早苗

目次

となりに …… 3
私鉄快速 …… 5
夾竹桃 …… 8
鰻遊記《まんゆうき》 …… 10
うなぎの逆襲 …… 13
きみ迷うことなかれ …… 15
壁に嘆く …… 18
嘆きの壁 …… 21
天丼 …… 23
トーキョーベイシュリンプ …… 26
ごましお …… 29
月光死滅 …… 32
宇宙戦艦 …… 35
洗車場 …… 38
国境 …… 41
点心家族 …… 43
蟻んこ家族 …… 45
台風 …… 48
公園に居て …… 50
糖尿病 …… 52
おすとあんでる …… 54
横浜サンマー麺 …… 59
ハッチ（羽化） …… 62
スーパーセブン …… 64
療養病院 …… 66
引き潮にて …… 68
家族葬 …… 70
北部斎場 …… 72
イボ …… 73
すいみんぐ　どっぐ …… 75

となりに

いれば、しあわせ
ぼくのとなり

いれば、しあわせ
どんなときも

いれば、よろこび
えがおがするする

いれば、うれしい
まいにちまいにち

いなきゃ、さみしい
ひとりはいやだ

いなきゃ、さみしい
ひるもよるも

あえる、そのとき
こころがふるえる

あえば、うれしい
はなせばたのしい
あいたくて、そのひと
あえなくて、まいにち

私鉄快速

『電車　急停車します！』

どよもしどよもし。

ある日僕は　小さくなった
小さくなって　毛穴から
彼女のなかに潜り込んだ

(アンサマドコへ　イキナサル)

そしてぼうまんのうから静脈へ入り込み
彼女のなかを駆け回った

(アンサマドコへ　イキナサル)

おこらくココが　頭部みたいで
異常なタンパク質を僕はみた

(アンサマドコへ　イキナサル)

それから　もっと小さくなって
連結している　電車みたいなやつに
であったのだ

この絡まった　電車のどこかに　犯人がいるのか？
それとも居るべきヤツが　乗ってなくて
こんな事態が おきるのか

鉄道警察ＳＯＳ！

連結車両を見てまわっても
僕にはちっともわからない
どれが病気の元なのか、僕にはちっとも、 わからない

（アンサマハヨウ　モドッテキテヤ）

時間がきたよ　外に出よう
おまじないだ　『ぷりおんぷりおんあみろいど』

長く感じる数分間
安全確認　数分間

『線路内立ち入りの老人は無事に保護されました。安全の確認がとれ次第、電車発車いたします』

ぷりおんぷりおんあみろいど

（アンサマドコへ　イキナサル）

夾竹桃

恋でもすれば、夾竹桃
今のあなたは、寝てばっか

ほんにあなたは夏の花
実母だったら、やってけない

夢でもみたら、夾竹桃
花のかずだけ生がある
実母だったら刈ってしまう
毒の臭いが嫌なんだ

どんな夢です夾竹桃
うしろめたさもありまする
うしろに冷たさありますか?

境地苦闘、夾竹桃
生きるつらさはありますか?
みちの脇など、佇んで
ひとりしおらでしおしおと

ひとり笑顔で夾竹桃、痴という言葉に脅されて
失う記憶のその中に、
いずこを求む、その思い

あかく咲いたよ、夾竹桃
ほんにあなたは夏の花
今があるだけ生きるだけ
ほんにあなたは夏の花

鰻遊記《まんゆうき》

ぼくのパパは中禅寺湖にすんでいた
あるとき突然、根拠なく
華厳の滝に飛び込んだ

それからパパは利根川を、下りにくだって太平洋

蛇籠のみなもはゆりゆられ、そっと昼寝のもくずがに

それでもパパは、物足りなくて
フィリピンの沖まで泳いでいった
深い深い海の底、その差高低三千メートル

そしてパパはママとであった
ママは薩摩川内生まれ
二人は命がけで愛し合った

そして僕が生まれたよ
深い深い海の底

一人たびが始まった

ぼくは体長三ミリだけど
ひとりで日本を目指したよ
同級生も無事に着いて
いちばんちかい鹿児島を選んだ

ぼくはパパの故郷が見たくて
中禅寺湖をめざしたよ
利根川どんどん遡り
滝壺にきた時もう大人

雨が降るのを待ちましょう
ぼくの皮膚は乾かない
雨がふれば、皮膚呼吸ができるんだ

華厳の滝はたかくって
断崖絶壁すごくって
でもぼくは登るんだ
パパの故郷、見てみたい

そしてたどり着いた頃、人生半分すぎていた
ああ、悲しいかな、うなぎの世界
ああ、切ないかな、うなぎの人生

でも赤ちゃんで捕まって、
養殖されなく良かったよ
ああ、悲しいかな、うなぎの人生
中禅寺湖はもうすぐだ

うなぎの逆襲

あれ　お義父さん　蒲焼きは？
そんなの知らんと義父はいう
昨日買ってきたはずですよ
冷蔵庫にも、なかったと

ぼくは蒲焼き探検隊
ぼくはキッチン探検隊

あったあったよ電子レンジ

うなぎとポテサラ、刺身に漬け物

うなぎ以外はダメみたい
ゆうべチンした形跡《あと》がある

うなぎだけは食べましょう　たいへん大変もったいない
むすめさんが買ってきた　近所のスーパー高級品
稚魚捕り真冬の真夜中で　稼ぐ人たち大変だ

これは国産高級品
これは国際絶滅種
これはコックさんも喜べる
これはコックリうなづいて
これは濃く塗られたタレが旨そう
これはゴクリとヨダレもの

ふたたびチンした鰻皿
こんどはどばんと自爆する

逆襲だ逆襲だ！うなぎの怒りの逆襲だ
レンジの中が大変だ

ラップなんか弾け去り　うなぎの怒りが飛び散っている
かれは少し　ちいさくなって、老人ふたりの前に現る

根性あるな　さすが国産
存在な扱い　怒ったね
たいしたもんだうなぎの逆襲

きみ迷うことなかれ

きみ迷うことなかれ
歩く道にも、町内会の知人にも

きみ迷うことなかれ
家族にも、時々怒る亭主にも

きみ迷うことなかれ
きらいになったお風呂にも

きみ迷うことなかれ
鍵つけられて
出られなくなった門扉にも

きみ迷うことなかれ
ことば厳しく、叱咤する娘にも

きみ迷うことなかれ
スーパーの買い物カゴの中身にも

また迷うことなかれ
レジ前の行列に
恐れて逃げることなかれ

きみ迷うことなかれ
かならず来るべき明日にも

きみはまだ、善の心に灯をともし
そしてなんとか生きている

だからだから

きみ迷うことなかれ
のこり少なき時間となった命にも
落ちてこぼれた優しさ集め、きみは自分に立ち向かう

きみ迷うことなかれ
きみうつむくことなかれ
きみ従うことなかれ

きみ、きみでありつづけたまへ

壁に嘆く

殴られちゃったの
怪我はない？

殴られちゃったの
痛かったね

殴られたひとは
悔しいけど　言葉が何も出てこなくて
じっと壁をみつめてる

殴った人も　真っ赤な顔して壁を見つめる

理解できない怒りから　だんだん冷静になってきて
だんだんやるせなくなってくる

昔の夫婦ゲンカとちがい
ふたりは背中合わせにはならずに
離れて座って　こそいるが、おなじ壁をみつめている

認知症が理解できない

誰だって理解できない
だから殴る人を責められない
殴るひとにも後悔いっぱい
理解されない、ある理解

でも一緒に暮らしていると
我慢できない時もあり
やっぱりゲンコで会話する

殴られた頭もいたいが
殴ったげんこも心も痛い

暴力は同じ壁を見つめながら
後悔を共有してる

五分もすれば、すべて忘れて
頭だけが　何故だか痛い　人になる

だからまた　一からやり直し

綺麗事なんて、目をつぶれ！

だって二人は夫婦だもの

散々責め合い生きてきた　これまで長く生きてきた
だめなのは、殴る人の怒りじゃなくて
無関心になる心

がまんできなくなったらさあ
少し軟らかく殴ってよ
痛くないぐらいに加減して
少し優しく殴ってよ

嘆きの壁

二十一世紀に、やってくる
エルサレムから、やってくる
嘆かれるための、その壁に
嘆いているのは誰なのか

この日本に現れる
嘆かれるだけの、その壁に
嘆いているのは僕なのか

これはどんな現象なのか
誰にもホントは分からない

激しい怒りや、ざんかいの念
繰り返すときに現れる

遠い国から現れる

くるんじゃないよ、なげきのかべよ

エルサレムでの嘆きに帰れよ

ここはじぱんぐ、理想の国だ
それなのに、また排泄の失敗だ！
くるんじゃないよ、なげきのかべよ
この日本の、家族の嘆きを受けるなよ
たていっせんの夫婦なら、離婚の余地など何もない
横一線の夫婦なら、別れでどちらか、自由になれるか？
その壁は現れる
時空を越えて現れる
六次元を通りやってくる
嘆かれるために、やってくる

天丼

まったく最近　食べること
忘れちゃったね　お義母さん
大好きだった天丼も
一切、食べなくなっちゃった

眺める天丼　エビの尻尾がキレイです

あれほど好きだった天丼が
あれほど通い詰めた、情熱の天ぷらに
まったく興味がなくなった

それでも海老には感心があるらしく
一度は箸で持ち上げてみる
すぐに戻す

海老はひっくり返り、タレの染みてない白い腹を上にむける

降参だ！

それから海老は、また持ち上げられ、こんどは横向きになる

絶望だ！

そして絶対絶命だ！

そして箸で尻尾をちょんぎられ
切られた尻尾は　電気ポットの上に供えられる

正月の雰囲気が家中に漂いだす

僕は庭から蜜柑の葉っぱをもいできて
ポットにそえる

これはまるで鏡餅

飾る天丼　海老の尻尾が勇ましい

食べないの？

うんいらない

眺める天丼、海老の尻尾がキレイです

尻尾だけには、興味があるのね？
なんでだろうか

トーキョーベイシュリンプ

ぼくは芝海老
わりかし、皆に愛されてる
散歩ついでに食事をしよう
美味しいものに、ありつきたいな

いつも明るい東京湾
今宵は満月、風も穏やか夜の凪

久しぶりだね車ちゃん
いつも尻尾がキレイだね
やっぱり貴女は海老の女王
『あら芝海老くん、たまには一緒に食事どう？ すくなくなった江戸前の、浅蜊だけど、ふたりでたべるは充分よ』

ほんにここらはホンビノス
洋物ばかりがふえすぎた
くるまちゃん、車海老ちゃん

ぼくには、ちょっと悩みがあるんだ
じつはしっぽがちいさくて、人前では見映えしない
ばえない、ばえないインスタ不向き

車ちゃんは綺麗でいいよね！尻尾の模様もからだの線も
茹でたって、きれいな模様は大八車

ぼくなんか、恥ずかしいから　いつも丸まり尻尾隠す

『ずんずんずんずん、ずどっこずどっこ！おいらは、歩くよ自慢で歩くよ。どうだ見てみろ立派な尻尾！』

むかしからいるヤツだけど、最近増えてきたのかな？
あの歩き方は牛海老さんだね

此処も地球温暖化
南の奴等が威張ってる
大きな尻尾を天にかざし、自慢しながら歩いてる
それはまるで逆エビ固め

それはまるであばるとチューン
牛海老さんは、なにも目的ないらしく、僕らの前を行き過ぎる
ちらっとぼくを見ながらね
自慢しながら行き過ぎる

あの人、腰を悪くしなきゃいいんだけど

そこら辺は、みんな一緒か、海老だって人間だつて、立派なひとは自慢したい

干潟のゆりかご、夜の海
あかにし達も集まりし
ここは海苔ひび集会所

芝海老のぼくはプラウンになれるのかな?

只今大潮、ひぞこの時間
月と潮とがいりまじり
ぷらんくとんが踊り出す
ちいさなワルツやカドリール

トーキョーベイ　クレイドル
東京湾わんさか夜る遊び

ごましお

うれしそうだね、ごましおごましお
にんげんは、こんなところにいたんだね

赤飯だって、ごましおごましお

これだけあれば、にんげんだ
あとはいったい、なにが欠けているのだろう

動物はごましおかけない作れない

にんげんに、ごましおあれば完璧だ
あとはいったい、なにが足りんと云うのだろう

みんな考えすぎなのだ
考えすぎて、ごましおごましお

たいせつなものを見失う

みんなよくばりすぎるのだ

よくばりすぎて何かを失う

ごはんがおいしい、ごましおごましお

認知症にも、ごましおごましお

ごはんがおいしくたべられる
あとはいったい、何が足りんと云うのだろう

バランスなんてどうでもいいじゃん

これからを、生きる子供じゃないんだから

食べてくれれば、それがいいじゃん

最後の晩餐
おっきなおっきな、おにぎりひとつ

死ぬ直前に、おにぎりいったい食べられるかな？

やっぱりごましお欲しがるのかな？

その時僕は、認知症になってるのかな？

黒ごまを、ひとづつ潰す黒い日課
黒ごまとだけ、過ごす命を
ぼくは必死に生きてるのかな

白ごまじゃ絶対に嫌だ、ごましおごましお

認知症のぼくは、ごましお

月光死滅

親というものは
早く死んでしまえば、あまりにもかなしい
長く生きれば、それもまた、あまりにも悲しい時がある

月は老婆を二度殺す

今宵の月は満月で、青酸カリをにぎってる

悲しみだけの人生ならば、月は老婆を二度殺す

それはあまりに　ご無体な
それは必ず　苦しめる

セントラルパークの鉄棒に
洗濯物を干している
その老婆こそが今宵は危険だ

時は亥の刻 中天に
現る満月、ビーム乱れる

光線だけじゃ飽きたらず、月は毒まで吹きかける

はやく早く逃げるのだ
月光とどかぬ巨木の陰へ、すばやく早く逃げるのだ

早く自宅にもどるのだ
狙われているのは老婆だけ

今宵の月はグラサンだ
今宵の月はスナイパー
ヘモグロビンの臭いだけが、どこか遠くでかすかにする

これは到底逃げ切れない
これは絶対逃げられない
これは絶対絶命覚悟だ

警察官に保護をたのもう

拳銃両手で握りしめ
ダルメシアンに股がった
巡査部長が威嚇射撃

月がちらっと眼をそらす
今のうちだ、パトカーだ　家の前まで乗っていこう
寒冷紗にくるまって、睨む月光さえぎろう
僕がかならす援護する
月は不敵な笑いを浮かべる
僕らふたりを嘲笑う
月は老婆を二度殺す

宇宙戦艦

宇宙戦艦　はっぽんあし

そのタコは一本の足に　タトゥーが、はいっておりました

それというのもCPUが迷わず指令を出すためです

『刺青から右に二本目の君、アワビの殻を剥がしたまえ』
『あいあいさー！』

艦橋(セイル)から指令がでる、そのスタイルは宇宙戦艦そのものです

九つの脳を持ち、青い血が流れる地球外生命体は
銀河系サミットに参加します

その年に地球に残るのは、わずかな数の見張り役です

だから漁師たちは『不漁だ不漁だ』と嘆きます
でも心配いりません
サミット終われば、みんな戻ってまいります
観光さんもやってきます

海の底はタコだらけ
漁師たちは嘆きます
『とれすぎで単価が下がる』と嘆きます

宇宙戦艦　はっぽんあし

ぐるぐるまわれば遠心力
そら飛ぶ円盤、早変わり

とびます、とびます
モーリタニアまでひとっとび

とびます、とびますワープ航法つかいます
宇宙の果てまで、ひとっとび

そこで子孫も増やします

宇宙から帰還するときは
はっぽんあしをパラシュート
地球に無事に、不時着します

宇宙戦艦、刺青は、海軍と同じ旭日旗

怒ると色も変わります
地球人と戦うときは
保護色になり、じっと、海底潜みます
武器はほとんど持ってませんが、ひょうもん柄には注意です

洗車場

ここは海とつながってます
母なる海と、へその緒です
漁連のおばちゃん、へその緒です

お願いだから、ここで車を洗わないで

長靴バケツにカーシャンプー、ここで車は洗わないで！
半分川に乗り入れて
ここで車は洗わないで

ここは都心まぢかな場所で、サクラなんかも遡上（のぼ）ってきます

大変綺麗な清流が、サラサラしづかに流れます

ここでシャンプーしないでください

川は堰、堰、ダムだらけ
それでも心は努力して、サクラは戻ってきたのです

ボクも車は洗います

洗車場で洗います、綺麗事ではありません
環境汚すの一緒です

風呂水、とぎ汁、お皿だって洗います
川を汚していますのは、誰か？ではなく僕なんです

光の糸は、木々の間を滑らかに流れ
恋こがれた落ち葉は太陽の子孫を大気中に発散する

森は樟脑の臭いを拡散させ
カビ類の菌糸は、躊躇（とまど）いながら、そっと前進している

老婆が糸車をまわすとき
ダムに仕掛けられた発電機も同調して
湖水はうねる
一秒ごとに

ぢめんの上の水蒸気は
地軸の傾きを知ると、一定の方向に活動を始め
淫売宿から流れ出る汚水を蹴散らして
やがて水滴となり川に向かう

汚さないで川のみず
ぼくは見るに耐えかねない
汚れないで文学界
ぼくは読むと耐えられない
壊さないで政治家、土建屋
地球の心が耐えられない

もうやめましょう、あんなこと、こんなこと

だから今、ここで車は洗わないで

今ぼくは、心を洗う努力中
これから先を生きるためです

国境

ここは地のはて熱海駅
ここから先へは行かれない
ひとり見つめる続く路線(みち)
不和になると、いつもくる
いつも来たって同じこと
ここから先へは行かれない
違う国家の、列車が乗り入れ、色ちがい
戻る決心、つけるため
考えたって仕方ない
食って寝て、そしてそして
隕石の、衝突の合間で生きるだけ

日本はつらくないですか?
我が家の悩みは間欠泉

あふれでるあふれでる

もし先に、行ってしまへば
もう二度と戻らなくなる
そんな気も、しなくはないと言えるかも

ここは地のはて熱海駅
この先に行ってみたいと思へども
私のＰＡＳＭＯが嘘をつく
ここは終点、熱海駅

点心家族

ぎょー社長がにぎります
手作りギョーザはいかがでしょうか？
本日、助手がおりまして
特別公開、ギョーザの日

ぎょー社長が仕込みます
ギョーザは干しエビいっぱいです
今日の助手は必死です
ギョーザ作りに必死です

ぎょー社長が作ります
皮はもっちり手作りで
焼き目にエクボが現れます

助手さん助手さん、ちゃんと焼いて食べましょう

ぎょー社長の助手さんは
一個握るとひと休み、だから時間がかかります
つぎをにぎるの忘れます
握りかたも忘れます

ぎょー社長は根気よく
またいちからギョーザを教えます
この際だから、ヒダヒダなんて要りません
カッコつけなくて良いのです

ぎょー社長は思います
客商売じゃないんだから
見てくれよりも、ギョーザの思いを大切に！

そして二人は良いコンビ
ただひたすらに、単純作業に没頭します

ぎょー社長は思います
はやく焼けたら、いいのにな

蟻んこ家族

ぼくはたぶん、世界で一番すきなひとを
世界で一番きらってる
だってそうです、いつだって
足手まといになるんです

マサチューセッツの女王蟻は、認知症でアリました

ぼくはたぶん、世界で一番すきなひとを
世界で一番憎んでる
だってそうです、ちっとも解ってくれません

マサチューセッツのその蟻は、認知症でアリました

ぼくはやがて、あなたに対して
きらいな顔をするのでしょうか？
たぶんしないと思います
だっておとなななんだから

ぼくがぼくで、いるために
いったいなにが必要ですか？

愛とかそういう類いですか
ちょっと考えてみましたが
いまのぼくには、むしずがはしる

マサチューセッツのその蟻は、認知症と暮らしてました

ほくはとりあえず、働きます
いまの現実みつめながら

ぼくはたぶん、逃げたくなってる心です
いくぢがないいんだと思います

それというのも、やさしく接してるつもりでも
こころは冷えているからです

マサチューセッツのその蟻は、認知症でアリました
工科大のそばならば、投薬治療も効果大
そんな家人の思い込みが、素敵な家庭でアリました

ぼくはたぶん笑います
明日もそのつぎ明後日も
だってそうです、ちっともうれしくない僕なんです

だから笑顔をつくります
マサチューセッツでその蟻は、巣穴に愛とか運びました
せっせせっせと働いて、巣穴に愛とか運びました

台風

こわい風が吹いてくる
蝉がちぎれて飛ばされる

こわい雨が、なだるだる
向かいのねこが流される
はがれたトタンに乗りながら

二十七万匹のバッタが一斉に飛び上がり
風に流され台風の目に向かっていく
激しい上昇気流に揉まれて、たかくたかく見えなくなる

今宵はそとには出ないで下さい

台風なんです、わかります?

今宵は犬もだしちゃだめ
風にかならず拐われる

道路はやがて川になる
生き物みんな流される

鯉はまな板、路の上
青い瞳のひとつ目女が、静寂を武器に近付いてくる
たけりくるうたけだけしくも、たけはねもとから、おとをたててぢめんにひれふす
空から見つめる青い瞳の網膜に、竹の小枝がはしってる
こわい風がさぴょーさぴょー
こわい雨が、なだるだるだる
切れた電線、大蛇が如くあばれだす
蝉がちぎれて飛ばされる
ねこがトタンと流される

公園に居て

ぼくが悲しくなるこの街は、ぼくが何かを求めてる街

公園のトイレが壊された
いったい誰が、やったのだ

みんなが困る、みんなは悲しくなってくる

やつあたりは不幸でイライラして
誰のためにもならない

『税金でこんなもの作りやがって』と言ってるひとは、たいがい税金払ってない

ほとんど…

なにをつかったら、粉々になるまで、便器を破壊できるのだろう?

ちからまかせかな

ほとんど…

ほとんど…ほとんど
この街は犬と年寄りしかいないのかな?
ほとんど…
来年は花見とかできるかな、ワクチンはみんなが打てたかな
ほとんど…
いなくなった人は、良い人生を送ったのかな?
ほとんど…
ほとんど…ほとんど
あなたが好きだった、この場所
ほとんど…

糖尿病

生まれきて、その一生を
たべるものに困らないよう願かけられて
でもその一生は、科学において否定され
『たべたら先には、終(しまい)に困るよ！認知症にもなるんだよ』と諭される
そんな時代のエビデンス
ありあまる。あまるありありしょくりょふを、たなからひやしゴミ箱へ
いったいどこをいきてるのだよ！
のこつたせいせんしょくりょうひん
ぜんぶろけつとにつめこんで
そらに、うちうに、うちだせうちだせ！
華氏のおんどでぜんぶこおり
うちうのかぜでフリーズドライ
そしたらロスなどなにもなくなり
きがもうえも、へつてくる

はかないぎせいは、もうだすな！
おさないぎせいは、もうだすな！

どうせたべられないのなら、苦しむひとに、あげちゃえあげちゃえ

いまぼくらこそ
ういああざ、わあるど

うちうの、かぜに
ういああざ、わあるど

ぎんがの星のじゅうにんだ

おすとあんでる

押すと餡出る今川焼

ぼくは愛していますよと、わざと押せば餡出る餡出る
おすとあんでる今もなを、日本で営業しています

そのむかし、樹上生活　我らが祖先に
明るい未来を教えてくれた
それは親切、今川焼屋が
それは大切、回転焼屋が
それは銀河の、大判焼屋が

あふりかの路地にありました

サバンナの路地に
ありました

お店の名前は
『地上生活　おすとあんでる』

サバンナ路地裏、その店に
我等、人類祖先たちは
今川焼を食べたくて
地上に降りて、きたのです
樹から降りて、きたのです

おすとあんでる大人気！
毎日行列つくります
サバンナの路地裏、行列です

人間は、進化の過程で社会性
ふたり揃えば社会性

気付いた猿が、しゃべります

『狭いんだから、もっと詰めて並びましょう』

たくさんの猿が並んでいます
みんなは言葉に従います
アルファベットもありません
象形文字もありません

でも言葉は言葉なんだから
猿の気持ちは伝わります
ここに詩は始まったのです

詰めて並んでみたとこで、順番なんて変わりません
そんなトコには気づきません
なんせ、まだまだ猿なのですから

『よつあし止めて立ちましょう』

せまい路地裏たくさんの、猿がならんで並べます

二足歩行のはじまりです

両手が自由になりました
今川焼を、沢山持てます

われらの祖先に物欲が
はじまりだした時代です

チンパンジーはチーマーで
我等の祖先は平和を愛した

『おなじ仲間は、殺しあっちゃ絶対ダメだよ』
チンパン女は、アンコを欲しがり、奪いあい
僕たちの母は、アンコを分けた
やがて、くるべき平和のために

聖書なんかができる前
ゾロアスター教？はるか前

前足が、両手に進化した物語

いくせんねんの歴史を重ねた
踏み切りのそばの、その店で
お義母さんもうれしそう

おすとあんでる買いましょう

餡の種類がわからない？
おすとあんでる悩みます

大丈夫！おすとあんでる押してみましょう
きっと中から人類の

叡知が、にゅるっと飛び出します
記憶がねろっと戻ります

認知よりも叡知です、我等のすべては叡知なんです

太陽系に現れた
愛を伝えに現れた

おすとあんでる
人類最古のお店です

横浜サンマー麺

戦前生まれのじいさんと、おなじく生まれの婆さんの
ここは地味な町中華

鍋ふり頑張るおじいさん
あんまり体力残ってないから
チャーハン、ダマダマ残ってる
まだまだダマダマ
まだまだダマダマ
夕方までがんばれば、あとは息子が店にでる

ニコニコ婆さん、話す夫婦は広東語

ワンタン麺をたのんでも

何故かでてくるサンマー麺
みんな解っていることだから、お客は誰も文句言わない
お客どうしで目配せ笑い
それでいて、おつりだけは間違わない
このまちこの店、七不思議
もやしの尻尾はいつだって、根とり芽とりでサンマー麺
えらく手間がかかってる
客はうれしくなってくる
だから注文違っても、
だから誰も文句をいわない
常連客しかこないから
お客同士も目配せと笑い

そんな婆さん、近頃店を休みがち
常連客は心配です
じいさんに色々尋ねます
じいさん日本語上手くないね
うまく状況伝えられない
注文ミスは無くなったけど
常連客はなぜか不満
根とり芽とりでサンマー麺
たのんでもないのにサンマー麺
あれが嬉しかったのに…

ハッチ（羽化）

六十年間ニンフ（幼生）の姿でありつづけ
やっと羽化したその虫は
きたない親父でありました

親父虫はそらをとびます、きっと恋の相手を求めてです
親父虫は、生殖能力ありません、なのに相手をもとめます
なんの意味があるのでしょう

フェロモンなんて、分泌しません、なにせ能力ないのだから

そらをとびます疲れます
すぐ岩肌で休みます

いわとはまねく、あまねくよみは、ここがいりぐち
まもなくねむりがまつている

いまは時期がちがいます、とんでる成虫ほとんどいません
いくらとんでも、ひとりでしょう

おやじ虫には口がない
食べなくてもよいのです
からだの中には、いっぱいの、卵がはいっているはずですが
はいっていたのは、思いだけです、空っぽです

親父虫の正体は
毒々し体色の、太った孤独のカゲロウです

そんざいの意味を求められたら
この地球から、すーっと消える、はかない成虫

それはまるで詩とおなじ

親父虫、親父虫

スーパーセブン

空を越え、時を越え
ケータハムに載っかって
買い物カゴがやってくる

空を越え、街を越え
買い物カゴは稲妻を
いかずちりながら走り去る

食品ストアは恐怖におののき
切身のさかなは、念仏唱えて
通路の端を泳ぎまわる

パックに入った食材は
ブルドーザーのような強大なちからで
強姦されて、まわされて
片っ端から入れられる
商品棚は強姦される

気付かれぬように売り場に戻せ！
いかずちの早さで、見つかるな！

でなきゃ我が家は破産だ破産
我が家のカードは、真っ青だ

あまりに大量、買い物に
アルミの車体は耐えられない
ケータハムにカゴみっつ
あまりの重さに歪んでく
強姦だ強姦だ！
アルミニウムを強姦だ

彼女をトイレに連れて行くんだ
その隙にアルミの車体を軽くするんだ
彼女をトイレに軟禁だ

5分たったら全部忘れて
またいちから始まる買い物は
アルミの車体を、ねじ曲げる

家庭の財布もねじ曲げる
買い物は、いつまでたっても終わらない
繰り返される生きてるあかし

療養病院

『ここは嫌です』と僕は言う
治療の目的なにもない

壁の奥から声がする
うすら笑いを浮かべる医者の、白衣に顔が浮かんでる

ここはまるで解体屋
治す喜び何もない

それでいて、建物だけは白く輝く

白亜の巨棟の解体屋

音楽室に飾られた　肖像画に染み付いた
ホルマリンの匂い

死後何百年も、その実態を晒すのだから、似顔絵にも防腐剤が必要だ

この病院にも飾ればいい
廊下にならぶ冷たい視線は

この雰囲気にピッタリだ
医院長の似顔絵は、音楽家に紛れ込み
含み笑いをうかべながら
廊下に毒消しを散布する
冷たい視線に気づかぬ病人は
揃いのガウンを羽織ったまま
直線になりがちな
放射線室の前を通過する

ここは病院、解体屋
白く輝く解体屋

どこからか、不思議な声も聞こえくる

引き潮にて

引き潮になりました。あと数時間の命かな

人間は、月にやっぱり殺される
海水も霊魂も、月が引っぱって、いくらしい

なきがらは満ち潮
悲しみも満ち潮
おそらく棺桶も満ち潮

霊安室のスメルも、迎え来る霊柩車も満ち潮
葬儀社の黒いスーツと礼儀正しい、満ち潮ネクタイ
みんな一気に攻めてくる

怒濤の如く、やってくる
家族はいったん家に帰る
眠りに就く頃、また潮がかわる

未来永劫、繰り返される

引き潮、満ち潮

シオマネキのハサミが　行き逝く人にバイバイしてる

家族葬

わずか三人お葬式
死者を入れれば四人になる

これが時代なんだなと、思えば少し辛くなる

わずか三人お葬式
いぬを入れれば四人になる、いぬはワゴン車待機中
出棺までは待機中

わずかな道のり火葬場で、すぐに焼却、焼死体

いぬはようやく解放されて、焼場の庭をあるきます

そして、すぐに立ち止まり、ふりかえっては悲しく鳴きます

焼場の職員、むかしは髭をはやしてました
やはり骨粉なんか吸いたくない
今はみんなマスクです

ちいさな部屋に家族は居ます、せんべい『ポリポリ』やることないし

すぐに皆は呼ばれます
ちいさな壺にはいりました

こんなもんだね人の人生
こんなもんだね人の肉体

好きで求めて抱きしめて、抱いて別れて、また求め合って、気付けば歳をとっていて

こころを深く傷つけあった、ことだけ今は思い出す

くるまはすぐに、帰ります
むかしは遠回りいたしましたが、今はそゆこと気にしない

初七日法要すませまして
あとは家に帰ります
いぬはワゴンで涙してます
あしたからは、また日常です
壺は菊花と一緒です

北部斎場

恋という名の火炎放射
すべて焼かれて物になれ
ここは火葬場、防空壕

愛という名のバーナーで
全ての名残を焼き尽くせ
ここは火葬場、北部斎場

なにも残すな、なにも残すな
生きてたって死んでたって
焼かれるだけしか、あとはない

思い出さえも、焼き尽くせ
恋という名の火炎放射
すべて焼かれて物になれ

イボ

ふわーっとくる手がぼくをなでる
ぼくは深夜のお休み中

なつかしさで、いっぱいになる

いつも一緒に寝てた人
いつも抱っこをしてくれた人

ふわーっとくる手が背中に感じる

おなじベッドで寝てた人
おなじ毎日、過ごした人

ぼくの背中にできたイボを、毎日取ろうとしてた人

ふわーっと感じる、その気配
だからぼくは睡眠中
せめて朝まで寝かせて下さい

四十九日のその日まで、黒い位牌は間に合うのかな？

ふわーっとくる手は、もう居ない
おなじベッドで寝てた人
おなじ毎日過ごしてた人

すいみんぐ　どっぐ

じいちゃんも　ばあちゃんも正気じゃないよ！
真夏なのに暖房いれる
オイラは暑いの苦手なんだ

隙を逃してなるものか！とオイラは家を飛び出した
むかし散歩で行った場所、海辺の公園めざしたよ

ちっともみちが判らない、家の側でも判らない
最近オイラは変なんだ、いろんな事を忘れちゃう
じいちゃんのコトも咬んじゃった

焼けた道路はアッチッチ
日陰さがして歩きます

帰りのためにマーキング
でも、公園着くまで一苦労

そらにはトンビがピュルピロロ　海辺公園近いみたい

あったあったよ噴水公園
僕はざん！と飛び込んだ
いぬかきいぬかきスタンダード

噴水一周泳いだら、なつあかねが　鼻にとまった
あかねさん、ぼくとキスしようじゃないか

トンボは空に飛び立った

二週目には　ミズカマキリがランデヴー
ふたり仲良く泳いだよ

ぼくも齢(よわい)九十歳　18回目の夏だから
疲れてきたから、上がろうか？

ふたりの幼い女の子
ぼくの泳ぎを応援してる…

よし、もう一周頑張ろう

応援てさわやかだね
そこには愚痴がまるでない

恨みなんて、全くない
応援ていいもんだね
家に居るのと大違い

身震いプルプルさわやかに、海辺の公園後にした

やっぱり僕は帰りたい
やっぱり僕は犬だもの
無事に家に戻れるのかな？

まあ、ふた晩ぐらいは覚悟しよう

認知症と水辺の生き物

2022年5月12日　第1刷発行

著　者　水島早苗
発　行　つむぎ書房
〒103-0023　東京都中央区日本橋本町2-3-15
共同ビル新本町5階
電話　03(6281)9874
https://tsumugi-shobo.com/
発　売　星雲社（共同出版社・流通責任出版社）
〒112-0005　東京都文京区水道1-3-30
電話／03-3868-3275

ISBN978-4-434-30275-6
定価はカバーに表示してあります。
落丁・乱丁本はお手数ですが小社までお送りください。
送料小社負担にてお取替えさせていただきます。